I0551405

A Monsieur Martainville. souvenir
d'amitié de   P. michel

LA MORT

DU DUC D'ENGHIEN.

47604

CET OUVRAGE SE TROUVE AUSSI AU DÉPÔT
DE MA LIBRAIRIE,

Palais-Royal, galeries de bois, n°° 265 et 266.

(:)

LA MORT
DU DUC D'ENGHIEN,

POËME,

SUIVI D'UNE ODE INTITULÉE

LE CRI DES ROYALISTES.

Par E. Michelet,

OFFICIER DANS LA GARDE ROYALE.

Fils de Saint-Louis, montez au ciel!

PARIS,

DE L'IMPRIMERIE DE J. G. DENTU,

rue des Petits-Augustins, n° 5 (ancien hôtel de Persan).

1820.

AVANT-PROPOS.

——

Ce poëme allait être livré à l'impression, lorsqu'un crime affreux est venu jeter l'épouvante dans tous les cœurs. Le sang des Bourbons a de nouveau coulé sous le poignard des assassins! Le duc de Berry, brave, loyal, doué des mêmes vertus chevaleresques que le duc d'Enghien, dont il avait été le frère d'armes, a péri, comme lui, de la mort la plus funeste. Il est réservé sans doute à une plume moins novice que la mienne, d'achever un parallèle si touchant; de comparer, aux derniers momens du dernier des Condés, immolé dans les fossés de Vincennes, les derniers momens du plus jeune de nos Princes, frappé sous les yeux de son auguste épouse, dans le sein de la capitale éplorée; l'un et l'autre expirant le pardon à la bouche, et regrettant de mourir loin des combats. Le premier trouva plusieurs bourreaux : la main d'un seul s'est levée sur le second. Mais cette même main, qui a *peut-être* anéanti la dynastie régnante dans sa postérité directe, n'a-t-elle pas été dirigée par des scélérats plus atroces que celui qui a porté le coup homicide? Que de souvenirs pénibles se réveillent à la fois dans ces jours de deuil! Hélas! l'un des dignes neveux de notre Henri IV, le héros qui promettait de nous le rendre dans les batailles et sur le trône de ses ancêtres, l'espoir des guerriers fidèles, le protecteur des malheureux, celui en qui résidaient les destinées futures de la patrie, le duc de Berry n'est plus!...... Je m'arrête ici ; j'avais besoin de payer un tribut de douleur à la mémoire d'un fils de France ; tel est le motif qui m'a décidé à faire précéder d'un avant-propos l'ouvrage que je soumets au public. J'épargne à mes lecteurs, sur le sujet que j'ai traité, une foule de réflexions nées de la circonstance actuelle. Les honnêtes gens prononceront; et s'ils n'accordent point leur suffrage à mes vers, ils ne refuseront point leur estime à mes sentimens.

LA MORT

DU DUC D'ENGHIEN,

POËME.

———

DANS les plaines de Mars, qu'un généreux guerrier
Rencontre le cyprès en cherchant le laurier,
Il achève du moins, trahi par la victoire,
Sur l'arène sanglante un dernier cri de gloire ;
De la faulx du trépas atteint dans son essor,
Sa chute belliqueuse est un triomphe encor.
Par un coup plus cruel, loin du champ des batailles,
D'Enghien tombe, privé de nobles funérailles.
Ah ! que n'a-t-il, mourant au sentier de l'honneur,
Trompé des assassins l'implacable fureur !
Expirant sous les yeux de ses compagnons d'armes,
Là, quelque beau trophée eût racheté nos larmes :
Mais, ô regrets amers ! ô destins ennemis !
A des juges impurs la mort l'avait promis :

C'est au sein de la paix qu'elle a fixé d'avance

Le jour, l'heure, le choix, le lieu de la vengeance.

Hélas ! des nations répétant les sanglots,

De Vincennes en deuil les lugubres échos

Élèvent jusqu'au ciel leur voix accusatrice ;

Et moi, de la forêt, théâtre du supplice,

J'interroge en pleurant l'immense profondeur :

« D'Enghien !... » Ce nom que j'aime irrite ma douleur !

Des sons vagues et sourds assiégent mon oreille...

Foulerais-je la place où le héros sommeille ?

Et cet humble gazon qu'a signalé la foi (1),

Couvre-t-il le neveu du vainqueur de Rocroi ?

Oui, ses mânes sacrés habitent cette enceinte.

Ce vieux bois, ces cachots, tout s'émeut à ma plainte.

Parmi ces bruits confus, un moment recueilli,

J'écoute ; sous mes pas le sol a tressailli,

Et d'Enghien, répondant par des murmures sombres,

Aux accens d'un Français s'attendrit chez les ombres.

    Les annales du crime ont frappé mes regards.

O temps d'oppression ! De la cité des arts,

L'anarchie en fureur poursuivant la conquête,

Dressait dans nos climats une odieuse tête.

Plus de frein, plus de lois. Du sceptre des Louis

Des sujets factieux s'arrachaient les débris,

Et, veuve des Bourbons, la Seine épouvantée
Roulait sous vingt tyrans son onde ensanglantée.
Par des transports cruels insultant à nos maux ,
« Liberté!... » criaient-ils. L'un de l'autre rivaux,
Ils osaient l'invoquer, quand leurs jalouses haines
Se disputaient l'honneur de nous forger des chaînes.
Jours d'horrible mémoire, où de nos Souverains
La dépouille au hasard passait de mains en mains;
Où, faible et sans secours, avec ignominie,
Au pied des échafauds succombait la Patrie!
Le Rhin, de l'oriflamme appelant les vengeurs,
S'est vainement couvert d'illustres défenseurs.
L'exil disperse au loin la phalange sacrée
De ces preux qui, gardant l'antique foi jurée,.
Combattaient pour les droits du trône et de l'autel;
Qui, suivant de Clovis l'étendard immortel,
Réunis au signal d'une croisade sainte,
De leurs remparts en foule avaient quitté l'enceinte.
L'Europe enfin, des lis sépare ses drapeaux;
Une trêve est conclue (2)!... Allez, de vos travaux ,
Fidèles chevaliers, le prix est dans vous-mêmes;
De la sédition dédaignez les blasphêmes;
En butte aux traits du sort, par vos mâles vertus ,
Vous avez fait rougir ceux qui vous ont vaincus (3)!

Et vous qui, non moins grands, dans nos villes esclaves,

Ralliant la Vendée à l'enseigne des braves,

De nos fiers proconsuls alarmiez le pouvoir,

Cédez ! l'univers cède et trompe votre espoir.

La France, d'un soldat subissant la tutelle,

Semble craindre, à son tour, d'avouer votre zèle.

De la lice des camps, sorti le glaive en main,

Un heureux téméraire, ouvrage du destin,

A travers les partis se jette avec audace;

On dirait que du monde il vient changer la face.

Un astre menaçant s'est levé sur les rois.

De respect, de terreur, saisis tout à la fois,

Et d'un règne guerrier voyant briller l'aurore,

Les peuples ont pâli devant ce météore.

A d'insolens tribuns, cet étranger hautain

Succède parmi nous; ambitieux et vain,

Il montre à découvert son arrogance extrême,

Et du droit de l'épée attend un diadême.

Il l'obtiendra !... Des cours dédaignant la splendeur,

D'Enghien trouvait alors, sous un toit protecteur,

Ce repos dont le charme étonnait sa vaillance;

Banni par des ingrats du doux pays de France,

Cette France chérie où dorment ses aïeux,

Sur elle, sans courroux, il attachait les yeux,

Et suivant d'un grand cœur l'impulsion fidèle,

Avec elle il souffrait, triomphait avec elle :

Même en la combattant, et sensible et loyal,

Il l'admirait naguère ! Un désordre fatal,

La race des Capets du trône descendue,

Adolescent encor, s'offrirent à sa vue.

Pouvait-il balancer ? Non, non, dans ces débats,

A la voix de l'honneur, il dut armer son bras.

Malheur à la patrie, et malheur à lui-même !

Immoler au devoir des citoyens qu'on aime,

Et, le fer à la main... Quel effroyable sort !

Hélas ! l'humanité se trouble à cet effort.

Plaignons-le ! Mais quoi donc ! ce serait un outrage !

Au milieu des dangers illustrant son courage,

Jeune et nouveau Bayard, sans reproche et sans peur,

Il acquitta sa dette envers l'oint du Seigneur !

Pour son Dieu, pour son Roi, gloire à qui se dévoue !

Honte au parjure seul !... Le ciel, dont il se joue,

De réprobation frappera son tombeau.

C'en est fait ; de la guerre éteignant le flambeau,

Et des Bourbons proscrits déchirant l'héritage,

La paix, de la révolte a maintenu l'ouvrage.

D'Enghien, au vœu des rois, s'opposerait en vain.

Que de pleurs répandus, quand, sur les bords du Rhin,

Il vit de ses amis se dissiper le reste !

Le peindrai-je au moment d'un départ trop funeste ?

Prêt à quitter son père, il balance, attendri ;

S'il savait qu'aux sanglots de ce père chéri,

Pour la dernière fois, dans ce jour plein d'alarmes,

Il mêle ses adieux, ses baisers et ses larmes !

S'il savait... Mais hélas ! il fuit !.. plus de retour !

L'imprudent, d'Ettenheim appelle le séjour,

Cette rive où languit l'objet de sa tendresse.

Se livrant sans soupçons à son ardente ivresse,

Il y vole, attiré par un double besoin ;

Sa noble amante est là ; la France n'est pas loin :

Ettenheim l'a reçu (4). Déjà, dans cet asile,

Il embrassait l'espoir d'un avenir tranquille,

Quand tout change d'aspect : au crime intimidé,

La gloire du héros a révélé Condé.

O bonheur d'un instant qu'un deuil profond remplace !

La trahison s'éveille et la haine menace ;

Et tandis que d'Enghien, sur la terre d'exil,

Ne peut ni conjurer, ni prévoir le péril,

L'aurore des amours s'entoure de ténèbres.

Quel spectacle ! le front voilé d'ombres funèbres,

L'ange de mort, planant au-delà des tombeaux,

Agite dans les airs ses sinistres flambeaux :

« Tremble, d'Enghien! » dit-il; et le cœur plein de rage,

Du geste et du regard confirmant ce présage,

Il part : un long effroi l'annonce aux champs français.

Infectant de poisons les prémices de paix,

Au vainqueur d'Italie en ces mots il s'adresse :

« Consul, chef belliqueux, dont l'univers s'empresse

« D'honorer le génie et les faits éclatans ;

« Toi que nous avons vu, sur les flots inconstans,

« Défiant le trépas, les Anglais et Neptune,

« Jusqu'aux sources du Nil poursuivre la Fortune;

« D'une ligue de rois heureux triomphateur ;

« Eh quoi! souffrirais-tu que, bravant ta grandeur,

« Condé, dans cet Empire, osât encor répandre

« L'étincelle d'un feu qui brûle sous la cendre?

« La vengeance en secret observe tous tes pas.

« Aux remparts d'Ettenheim, voisins de tes États,

« D'Enghien, des mécontens recueillant les murmures,

« Caresse leur orgueil, se plaint de ses injures,

« Des Bourbons fugitifs ressuscite les droits;

« Et, dans l'illusion de ses premiers exploits,

« Envieux des lauriers dont s'ombrage ta tête,

« Du trône où tu prétends il brigue la conquête.

« Il marque sur ton cœur la place du poignard.

« L'heure presse : bientôt tu voudrais, mais trop tard,

« Dans son vol destructeur éteindre l'incendie.

« Crois-moi, lorsqu'il y va de ton rang, de ta vie,

« Du sein de sa retraite arrachant ce guerrier,

« Tire à l'instant raison d'un projet meurtrier.

« Immole à ton pouvoir l'insolent qui t'outrage ;

« Les juges de Louis ont besoin de ce gage :

« Inquiets jusqu'alors, et pleins d'un juste effroi,

« Rien ne te répond d'eux, s'ils doutent de ta foi.

« Un soldat ; je le sais, frappe à regret dans l'ombre ;

« Mais tu le dois ! Préviens des obstacles sans nombre !

« Le soupçon fait le crime aux yeux des potentats.

« Fût-il même innocent, d'Enghien, par son trépas,

« Confondra pour toujours l'espérance des traîtres :

« Qu'il aille aux sombres bords rejoindre ses ancêtres !

« Puisqu'il le faut enfin, du sang royal couvert,

« Comblant la profondeur de l'abîme entr'ouvert,

« Donne, donne aux Français une leçon terrible :

« Leur fierté fléchira sous un maître inflexible.

« Triomphant dans ces murs comme dans les hasards,

« Soumets les factions : que des Bourbons épars

« La ruine éternelle assure ta puissance ;

« Étouffe des complots la féconde semence ;

« Et que d'Enghien, puni de son coupable effort,

« Rende à ton bras vengeur un hommage de mort !

« Hâte-toi ! » Quels conseils ! quoi ! c'est lorsque la guerre

Cesse par ses fléaux de ravager la terre,

Que la haine, insultant aux plus antiques lois,

De l'hospitalité méconnaîtrait les droits !

D'un parvenu jaloux ainsi la défiance

Jusque chez l'étranger poursuivrait l'innocence !

Horrible trahison ! D'un arrêt assassin,

Rien ne sauvera-t-il le héros de Bertsheim ?

Ce grand nom de Condé ne pourra donc l'absoudre !

Hélas ! autour des lis vole encore la foudre ;

Il ne reste aux Bourbons que la paix du cercueil :

Chaque heure, chaque instant vient accroître leur deuil.

Héritiers fugitifs d'une race opprimée,

La tombe sous leurs pas n'est qu'à demi fermée.

Le glaive des bourreaux, de meurtre tout fumant,

Ne peut de leur chemin s'écarter un moment.

J'en atteste les bords arrosés par la Seine :

Ils sont pleins du passé ! Dans la sanglante arène,

Quelle victime s'offre aux yeux de l'univers ?

Barbares, c'est Louis ! Louis, chargé de fers,

Qui, sur l'échafaud même, ainsi qu'un père tendre,

Vous accorde un pardon que vous craignez d'entendre !

Louis succombe à peine, Antoinette le suit :

Sur les marches du trône un seul flambeau nous luit :

D'une longue tempête il éclaircit les ombres :
Mais bientôt, isolé parmi d'affreux décombres,
Ce débile flambeau s'éteint sans aliment ;
Et cet autre Joas, monarque d'un moment,
Qui connut le malheur en essayant la vie,
Emporte chez les morts l'espoir de la patrie.
Les remparts de Lutèce au crime sont vendus :
Fille de Saint-Louis, ne les regrette plus :
Le port s'ouvre pour toi dans le commun naufrage.
Jeune et royale fleur échappée à l'orage,
Prospère en ton exil sans craindre l'aquilon ;
Zéphyrs, abandonnez les roses du vallon,
Et portez à ce lis, sur des plages lointaines,
Les parfums précieux de vos fraîches haleines !
Qu'il croisse pour les jours d'espérance et de paix !
    Que vois-je ? ô ciel ! pourquoi ces armes, ces apprêts ?
Où courent, aux lueurs des torches funéraires,
Ces sbires, d'un despote instrumens mercenaires ?
Je lis dans leurs regards l'espoir qui les conduit :
Ils n'ont que trop besoin des ombres de la nuit (5) !
Une barbare joie éclate en leur silence.....
Tu dors, d'Enghien ! tu dors, et ta perte s'avance !
C'est le dernier instant d'un paisible sommeil :
Ah ! reculez encor, reculez son réveil ;

Cruels! vous ne pouvez perdre votre victime;

Elle est là, sans défense, au penchant de l'abîme!

Éloignez ces liens, ces flambeaux... O forfait!

Déjà ces furieux entourent son chevet;

Ils appellent le prince avec un cri farouche,

Et cent glaives mortels sont levés sur sa couche.

Contre la trahison à quoi sert la valeur!

Le guerrier, d'un coup-d'œil, mesure son malheur;

Sans épée, assailli de menaces hautaines,

Pour la première fois il tend les mains aux chaînes.

Des chaînes, Dieu vengeur! au neveu de Condé...

Ah! lorsqu'à Weissembourg (6), par un beau feu guidé,

Naguère soutenant les droits de la couronne,

Il s'offrait en soldat aux périls de Bellonne,

Ces hommes, dont l'orgueil insulte à ses revers,

Eussent-ils bien osé lui présenter des fers?

Auraient-ils à Bertsheim montré la même audace (7)?

C'était là qu'il fallait le regarder en face,

Le braver; mais alors, moins hardis qu'aujourd'hui,

Peut-être obscurément fuyaient-ils devant lui!

Et ce sont des Français! il ne veut point le croire:

Ceux qu'il a combattus dans les champs de la gloire,

Étaient des ennemis dignes de son grand cœur...

Des ennemis, hélas! non; pénétré d'horreur

2

Pour les lâches complots de leurs chefs sanguinaires,

Dans des guerriers séduits il ne vit que des frères.

Captifs, devant s'attendre à son inimitié,

Ils en obtenaient tous l'accueil de la pitié.

Venez ; avec d'Enghien visitons ces demeures

Où l'excès des tourmens éternise les heures.

Ces hospices de Mars (8), pleins de vivans débris,

De la reconnaissance ont répété les cris.

Est-ce une illusion ? Les douleurs éperdues,

A la voix du héros se taisent suspendues.

Ce n'est plus ce mortel devancé du trépas ;

Prodigue de secours, le bienfait suit ses pas.

Combien d'infortunés sauvés par sa clémence !

Immobile à l'aspect de ces lits de souffrance,

Sur le sort des vaincus qu'il a gémi de fois !

Partager avec eux d'honorables exploits,

En défendant la France et le rang de ses pères

Contre l'ambition des ligues étrangères,

Tel eût été son vœu ; mais le destin jaloux

L'a privé du laurier, le plus brillant de tous.

Ce regret généreux excite encor ses larmes.

　　C'en est fait ! au milieu des flambeaux et des armes,

Marchant environné de sicaires impurs,

Pour ne plus les revoir, d'Enghien quitte ces murs,

Ces murs, où des tyrans accusant la furie,

Va languir dans les pleurs une amante chérie.

Le lien nuptial ne sera point formé !

Au point du jour, demain, sur l'arbre accoutumé,

Ira se reposer la colombe fidèle :

O douleur ! son ami ne viendra pas vers elle.

Le lendemain encor conduite par l'espoir,

Vainement sur la branche, attendant jusqu'au soir,

Elle l'appellera d'une voix expirante ;

Le vent de la forêt, la feuille murmurante

Gémiront avec elle ; et l'arbre abandonné

Ne réunira plus le couple infortuné.

Hélas ! c'est pour toujours !... Le char roule et s'élance ;

L'essieu vole... En vainqueur, l'ange de la vengeance,

Sombre augure d'effroi, planant au haut des airs,

Précède de Bourbon les conducteurs pervers.

Entendez ces accens de sinistre présage !

Conseiller infernal, le monstre, dans sa rage,

De la troupe nocturne excitant le courroux,

Veille au succès du crime avec un soin jaloux :

Sur l'innocente proie il s'attache en pensée.

    D'où vient cette terreur dont mon âme est glacée !

Un cri s'élève : « France ! » A l'aspect de ces bords,

Les ravisseurs n'ont pu contenir leurs transports.

D'Enghien aussi, d'Enghien s'éveille à l'allégresse.

Ce sol natal, long-temps perdu pour sa tendresse,

Ce berceau de l'honneur, ces antiques remparts,

D'où s'échappent les noms des Nemours, des Bayards ;

Ces champs dont Henri-Quatre a foulé la poussière,

Henri, grand dans le Louvre, aimé dans la chaumière !

Ces peuples, autrefois nobles sujets des lis,

Tout l'émeut, l'intéresse : à ses yeux éblouis

S'offrent de son aïeul les belliqueux trophées,

Monumens dont la gloire appelle des Orphées (9).

Rocroi, Fribourg, Nortlingue, ô sublimes travaux !

Chaque objet lui transmet des souvenirs nouveaux.

Dans ces arcs de triomphe il trouve un héritage...

Ah ! le sang de Louis fume sur ce rivage ;

Et ces climats, témoins d'un attentat si noir,

Malheureux ! pour mourir tu devais les revoir !

Enfin le Prince arrive aux glacis de Vincennes :

S'agitant dans les airs, ces ormes, ces vieux chênes,

Dont la cîme élancée insulte à l'aquilon,

Paraissent tressaillir à l'aspect d'un Bourbon.

Le cortége d'abord en est saisi de crainte ;

Il s'arrête... Des temps la séculaire empreinte

Se montre à chaque pas dans l'horreur de ces lieux :

Mais, ô des souvenirs pouvoir religieux !

Je ne sais quoi de saint, malgré le cours des âges,
Vient se mêler encore au deuil de ces ombrages,
Et du recueillement semble imposer la loi !
D'Enghien avec respect s'est rappelé ce Roi,
Ce monarque martyr, à l'innocent propice,
Qui jadis dans ces bois dispensa la justice.
Il le bénit du cœur... Tremblez, tremblez, pervers !
La croix dans une main, le front brillant d'éclairs,
Si le fantôme auguste, agitant cette épée,
Du sang de l'infidèle en Orient trempée,
Allait comme la foudre apparaître à vos yeux !
Si, pour venger sa race, il descendait des Cieux !
Vain espoir ! les cruels sont sûrs de leur victime !
Leur audace première à l'instant se ranime.
A travers cent détours entraînant le héros,
Ils marchent ; leurs clameurs réveillent les échos.
Que de confuses voix ! de sinistres murmures !
On arrive au cachot ; sous ces voûtes obscures,
Déjà le verrou crie ; et, rebelle un moment,
La porte sur ses gonds a tourné sourdement.
D'Enghien parcourt de l'œil ce séjour formidable :
A lui-même livré dans son sort déplorable,
De ces murs effrayans mesurant la hauteur,
Il n'y saisit qu'à peine une sombre lueur.

Profonde solitude! au bruit des clés, des armes,
Succède par degrés un calme plein d'alarmes,
Le calme du cercueil.... Quelquefois, seulement,
On entend sur le sol comme un long froissement :
Se glissant près de là, c'est le hideux reptile
Qui, non loin du héros, vient chercher un asile.
Chaque objet dans ces lieux afflige les regards ;
Quelques débris de paille en un coin sont épars,
Couche du désespoir au noble preux offerte (10)!
Là, de l'infortuné tout présage la perte.
Si du moins un ami partageait sa prison!
Le Prince ému compare, à ce triste abandon,
Ces jours de son bonheur où, sans prévoir l'orage,
D'une cour enchantée il recevait l'hommage.
O fatal souvenir! ô surcroît de forfaits!
N'a-t-il pas reconnu parmi ces vils Français,
Dont la rage sans frein trahit l'impatience,
Le même compagnon des jeux de son enfance(11)!
C'est lui! D'Enghien l'accuse en secouant ses fers.
Il est tiré bientôt de ces pensers amers :
On approche; fidèle au crime qui l'égare,
Accourt des ravisseurs la cohorte barbare.
Le tribunal de mort (12) est convoqué soudain.
Hélas! pour un guerrier, quel indigne destin!

Aux nocturnes flambeaux, réunis en silence,

Des juges assassins l'ont condamné d'avance,

Espérant, de sa race éternels ennemis,

Légitimer le meurtre en invoquant Thémis.

Muet d'étonnement, le captif qu'on amène

Voit briller dans leurs yeux une joie inhumaine.

Les lâches! Ah! sans doute, ils l'ont fait appeler

Pour l'insulter encore avant de l'immoler (13)!

De l'appareil des lois couvrant leur perfidie,

Ils scellent du parjure une sentence impie.

Tels jadis, se baignant dans le sang des mortels,

Chez les premiers Gaulois, les druides cruels,

Oppresseurs investis des plus saints priviléges,

Rendaient, au nom du ciel, leurs arrêts sacriléges.

Achève donc, ô sort! d'Enghien brave tes coups :

Le feu de ses regards est exempt de courroux;

Des Condé sur son front resplendit la noblesse.

Un soupir cependant échappe à sa tendresse :

Ces cheveux, cette bague où, par un doux lien,

Le chiffre bien-aimé se réunit au sien;

Ces dépouilles qu'il lègue à son amie absente,

A qui les confier (14)? Triste et pénible attente!

Voudra-t-on le remplir ce message de deuil?

Les plus vils criminels, aux portes du cercueil,

Dans la loi qui punit trouvent quelque indulgence,
Et souvent le remords leur tient lieu d'innocence;
La pitié sur la tombe accueille au moins leurs vœux,
Tandis que, n'éprouvant qu'un refus dédaigneux,
D'Enghien, abandonné de la nature entière,
Réclame vainement une grâce dernière.
Juges accusateurs, soyez aussi bourreaux :
Vos bouches l'ont dicté, le trépas du héros.
Pourquoi respire-t-il? Quelle terreur vous glace?
Hâtez-vous! je promets du sang à votre audace;
De sa gloire naissante éteignez les rayons.
Convaincu du forfait d'être issu des Bourbons,
D'Enghien doit à l'instant en recevoir la peine.
Il faut.... Que dis-je? hélas! suspendez votre haine;
Vous pouvez rendre encore hommage à ses vertus :
Parmi vous, aujourd'hui, *c'est un Français de plus.*
Soyez justes, enfin; banni de vos murailles,
Jeune, il vous apparut sur des champs de batailles :
Pensiez-vous donc aussi l'exiler des combats?
Ces précoces lauriers qui font ses attentats,
Il les cueillit aux yeux d'un aïeul et d'un père.
Ne lui reprochez point un crime héréditaire :
La place des Condé fut toujours dans les camps.
  Mais du cortége affreux se resserrent les rangs :

Chacun veille attentif.... On marche.... Quels présages !

Des pâles assassins sillonnant les visages,

L'éclair, en traits sanglans, prodigue sa lueur;

Des bois épouvantés s'échappe un cri d'horreur;

L'horloge du donjon rend des sons plus funèbres :

Minuit!... Le vent fougueux siffle dans les ténèbres;

Sur ces créneaux, gémit l'oiseau des monumens.

Partout des glaives nus, des spectres alarmans.

De cent torches de mort que suit un jour livide,

La flamme, par trois fois, s'éteint dans l'ombre humide;

Par trois fois rallumée, elle signale aux yeux

Les apprêts menaçans d'un supplice odieux.

La tremblante Phœbé s'enfuit sous un nuage;

Arrêtons.... c'est ici le terme du voyage;

C'est ici que, privé de l'adieu paternel,

D'Enghien doit s'endormir du sommeil éternel.

Que d'images de deuil Vincennes nous étale !

Est-ce là d'un Condé la couche sépulcrale ?

Une fosse creusée au pied d'une prison,

Quel appareil ! Eh bien! sois digne de ton nom;

Courage, fils des preux! fier de ton innocence,

Au front de tes bourreaux imprime ta vengeance!

Va, d'avance punis de leur iniquité,

L'opprobre les condamne à l'immortalité.

Autour de la victime en tumulte on se presse....
Témoignant sans pudeur sa farouche allégresse,
L'ange des trahisons applaudit dans les airs;
A ses bruyans transports répondent les enfers.
Que les temps sont changés! Le guerrier se retrace
Les honneurs solennels qu'obtint jadis sa race :
Ces soldats, dont la haine enflamme les regards,
N'auraient dû l'entourer qu'au milieu des hasards,
Armés pour sa défense et non contre sa vie...
Tout à coup, ô miracle! enchaînant leur furie,
Un pouvoir inconnu les force à s'arrêter :
Le crime en frémissant s'étonne d'hésiter.
Dégagé du concours de mille objets funèbres,
Un faisceau de rayons sort vainqueur des ténèbres.
Dans l'âme du héros quel doux espoir a lui!
Quelle est la déité qui s'avance vers lui?
C'est la Religion, cette chaste immortelle,
Au sentier du salut guide à jamais fidèle :
Dispensant ici-bas les pardons des erreurs,
Une croix est son sceptre ; et de mystiques fleurs
Son front vierge étalant une blanche couronne,
Des splendeurs de la foi saintement s'environne.
Elle approche, on tressaille : à ce touchant aspect,
Les meurtriers confus sont réduits au respect,

Et le Prince, inondé d'une clarté divine,
Sur le bord de la fosse en silence s'incline.
Taisons-nous; écoutons la fille du seigneur :
« Qu'au sein d'un Dieu de paix s'épanche votre cœur,
« Jeune Condé! Suivant la voix qui vous attire,
« Traversez, d'un pas sûr, le chemin du martyre;
« Des Bourbons l'ont marqué de leur sang glorieux :
« Ah! laissez, croyez-moi, vil à ses propres yeux,
« Le maudit du Seigneur, au bout de sa carrière,
« Ne jeter qu'en tremblant un regard en arrière :
« Le juste consolé, marchant à mon flambeau,
« S'élance, plein d'espoir, vers un monde nouveau :
« Le plus cruel trépas n'a rien dont il frémisse :
« Son triomphe commence au moment du supplice.
« Partez, d'Enghien! le sort en ce jour a parlé;
« Du banquet de la vie il vous a rappelé.
« Proscrit chez les humains par un arrêt funeste,
« Refuge des vertus, l'éternité vous reste.
« Sans plainte, sans effroi, sans remords et sans fiel,
« Ainsi que votre aïeul, *allez, montez au ciel!*
« Ce n'est point une course aux plaines étrangères,
« Et c'est là, comme ici, l'asile de vos pères!
« Allez! » Pour gage alors d'un immortel bonheur,
Elle tend au guerrier le signe rédempteur,

Et, penchée en priant vers la fosse fatale,

Le lui donne à baiser de sa main virginale.

A ses yeux éblouis elle s'éclipse enfin.

Debout au même instant, de l'air le plus serein,

Il s'écrie : « Oui, j'accepte un aussi doux présage !

« Loin de moi dispersés par l'effort de l'orage,

« Frères d'armes, témoins de mes faibles exploits,

« Adieu ! la mort m'appelle aux pieds du Roi des Rois.

« Le rendez-vous d'honneur est dans un meilleur monde !

« Et vous, dignes objets d'une amitié profonde,

« O mes nobles parens! puissent, à vos chagrins,

« Succéder quelque jour de plus heureux destins !

« Puissiez-vous, revenus au sein de la patrie,

« Trouver mes ossemens! Résignés à la vie,

« Lorsque mes premiers pas rencontrent le tombeau,

« De l'âge jusqu'au bout supportez le fardeau ;

« Et sur ce sol d'exil qui réclame ma cendre,

« Achevez de vieillir, moi je vais vous attendre! »

A ces mots, qu'il prononce en regardant les cieux,

Les assassins, poussés d'un zèle furieux,

Demandent le signal avec impatience.....

Rejetant le bandeau qu'on offre à sa vaillance :

« Je ne crains point la mort (dit-il) ; mes seuls regrets

« Sont de la recevoir de la main des Français ;

« Allons, amis!...»—«Ici, nul n'est l'ami d'un traître (15)! »

Quelle infamie, ô Dieu! quel outrage! Ah! peut-être,

Expirant à son tour, tel qu'un vil criminel,

Le lâche qui l'insulte en ce moment cruel,

Avant l'heure, au cercueil obligé de descendre,

Répondra-t-il du cri qu'il vient de faire entendre (16).

D'Enghien baisse la tête : insensible à ses maux,

Il semble encore, hélas! prier pour ses bourreaux.

Ajoutant aux forfaits de cette nuit barbare,

Un fanal sert de but (17) ; et, comme un nouveau phare;

Cet astre pâlissant, allumé sur son sein,

Au plomb mortel, dans l'ombre, a marqué le chemin.

On se tait; mais bientôt, organe de vengeance,

Une voix qui s'élève interrompt ce silence :

Cent tubes meurtriers, à l'horrible signal,

S'abattent à la fois d'un mouvement égal;

L'éclair brille... Aux rayons de la foudre homicide,

Le fanal en tombant, mêlant un feu livide,

S'est éteint dans la fosse où d'Enghien a roulé.

D'Enghien pardonne et meurt. D'un père désolé

S'éclipse parmi nous l'espérance dernière.....

Bourbon n'a plus de fils pour fermer sa paupière.

~~~~~~~~~~~~~~~~~~~~~~~~~~~~~~~~~~~~~~~

NOTES.

——

(1) Ce ne fut qu'avec beaucoup de peine, qu'à l'époque de la première restauration, on parvint à découvrir la place où le malheureux Prince avait été immolé. Une croix a été élevée sur le lieu même de l'exécution.

(2) Le traité de Lunéville, signé en 1797, par les puissances alliées, qui avaient juré de ne poser les armes qu'après avoir rétabli les Bourbons sur le trône de France, amena le licenciement de cette brave armée de Condé, devenue à jamais célèbre dans les fastes de l'héroïsme.

(3) Loin de moi la pensée de diminuer la gloire de ces immortels guerriers qui signalèrent leur courage dans les armées de la république! Entraînés par la force des circonstances, ils rivalisèrent souvent de loyauté et de grandeur d'âme avec les défenseurs de la monarchie; et les Moreau, les Oudinot, les Victor, les Macdonald, les Lauriston, tant d'autres chefs illustres, sortis des rangs des phalanges invincibles de la révolution, ne trempèrent jamais dans les crimes

qui se commettaient alors au nom de la liberté. Je n'ai entendu désigner ici que quelques généraux qui déshonoraient
la victoire et les représentans de cette horrible Convention,
chargés des ordres les plus sanglans à l'égard des émigrés qui
étaient pris les armes à la main.

(4) Après le licenciement de l'armée, le duc d'Enghien se
retira à Ettenheim, ville située presque sur les bords du
Rhin, où il vivait dans la plus profonde retraite.

(5) Le Prince se livrait au sommeil, lorsque les émissaires
envoyés par Buonaparte pour le saisir, cernèrent le domicile
qu'il habitait avec quelques-uns de ses serviteurs.

(6) L'attaque des lignes de Weissembourg, où il déploya une
valeur digne du nom qu'il portait, eut lieu le 13 octobre 1793.

(7) Le combat de Bertsheim, donné le 2 décembre de la
même année, le couvrit d'une nouvelle gloire.

(8) Après cette affaire, l'une des plus meurtrières de la
campagne, le prince de Condé et le duc d'Enghien visitèrent
les ambulances, où les prisonniers blessés attendaient l'arrêt
de leur supplice; la terrible loi des représailles leur était
connue; ils croyaient leur mort inévitable; mais, ô clémence
vraiment sublime! « Vivez!... » s'écrient les deux héros; et
se tournant vers les officiers de leur suite, ils ajoutent : « Ils
« sont Français, ils sont malheureux, ils sont désormais sous
« la garde de votre honneur et de votre humanité. »

(9) Strasbourg, ville autrefois témoin des exploits du grand Condé, vit entrer dans ses murs l'un de ses petits-fils prisonnier.

(10) Quelques brins de paille amassés dans un coin de la prison où il fut jeté à son arrivée à Vincennes, tel fut le lit destiné à recevoir le Prince, fatigué par une longue route, et qui avait besoin de prendre un peu de repos!

(11) On reconnaîtra facilement ici, sans qu'il soit nécessaire de le nommer, l'homme qui, ayant été élevé avec le duc d'Enghien, ne rougit pas de se charger de la plus infâme des missions, celle d'arrêter le Prince sur un territoire neutre, pour le conduire en France, où son supplice était résolu.

(12) Il était onze heures de la nuit, lorsqu'on vint chercher le Prince dans sa prison, pour l'amener devant la commission militaire qui avait reçu l'ordre formel de le condamner à mort.

(13) Le duc d'Enghien, après avoir entendu la lecture de sa sentence, demanda un prêtre pour l'assister dans ses derniers momens; l'un des cannibales présens à cette scène, lui adressa ces paroles insultantes : «Tu veux donc mourir comme un capucin!»

(14) Après avoir coupé ses cheveux, il sollicita la faveur de les faire remettre avec une bague qu'il y joignit, à une per-

sonne qu'il désigna. Un officier de gendarmerie s'en étant chargé, ils lui furent arrachés des mains avec violence.

(15) Le Prince attendit le coup mortel, debout et d'un air martial ; et lorsqu'on lui proposa de lui couvrir les yeux d'un mouchoir, il le refusa en disant : « Je ne crains pas la mort ; « je regrette seulement de la recevoir de la main des Fran- « çais. Allons, mes amis... » — « Tu n'as point d'amis ici, » répondit une voix féroce : c'était celle de Murat.

(16) Allusion au supplice de ce même Murat, exécuté au Pizzo, en 1815 ; ainsi fut à demi vengée la mort de l'inno- cent !

(17) Tous ces horribles détails ne sont que trop vrais. Le plus atroce des satellites de Buonaparte, un monstre indigne du nom de Français, attacha, sur la poitrine du malheureux Prince, une lanterne allumée, afin de faciliter aux soldats chargés de le fusiller, le moyen de mieux l'apercevoir dans les ténèbres. On ajoute que la victime étendue sur la terre qu'elle baignait de son sang, donnant encore quelques signes de vie, le même scélérat s'arma d'une énorme pierre, et lui en écrasa la tête.

FIN DES NOTES.

3

LE CRI

DES ROYALISTES,

ODE (1).

C'est souffrir trop long-temps qu'un odieux langage
Attache l'infamie aux plus nobles exploits ;
Les fidèles vengeurs de la cause des rois
Ne seront-ils jamais à l'abri de l'outrage !
La Vendée ose à peine avouer ses héros,
Et Condé, dont le nom garantit la victoire,
    Chez les morts, privé de sa gloire,
Réclame vainement l'honneur de ses drapeaux.

J'atteste de nos preux la vaillance opprimée ;
Vainqueurs, on les condamne à cacher leurs lauriers,

---

(1) Cette Ode a été insérée dans un des numéros du *Dra-peau blanc*, lorsqu'il paraissait par livraisons.

La haine des méchans réprouve les guerriers
Dont l'exil dispersa l'élite renommée.
Survivant au courage, un long deuil a rendu
Des champs de Waterloo le théâtre célèbre,
 Et, près de leur écho funèbre,
L'écho de Quiberon cesse d'être entendu.

Pour les soutiens des lis, c'en est fait, point de grâce!
Thersite à leurs vertus insulte avec orgueil.
O Clarke, éveille-toi! L'aspect de ton cercueil,
De tes vils détracteurs n'arrête point l'audace.
Le crime en paix s'endort, par eux justifié,
Quand sur ta cendre, hélas! non encor refroidie,
 Je vois l'imposture hardie
Exhaler en poisons sa lâche inimitié.

Que dis-je? d'un Bonchamp la palme sépulcrale
Offense le regard des factieux jaloux;
Nos pleurs, nos souvenirs excitent leurs courroux.
Ah! pour leur châtiment, d'une époque fatale,
Nantes n'oubliera point les civiques horreurs;
Et contre les brigands qui souillèrent sa rive,
 La Loire indignée et plaintive
Soulèvera toujours ses flots accusateurs.

Dans la postérité, poursuivis par nos larmes,
A l'histoire inflexible ils n'échapperont pas.
Comment de ces cruels taire les attentats !
Quoi ! lorsque dans nos maux ils trouvaient tant de charmes,
Nous n'oserions gémir sur leurs affreux excès !
Dites donc aux tombeaux de garder le silence !
    Apôtres de la tolérance ,
Est-ce vous aujourd'hui qui les rendrez muets ?

Quand la patrie en deuil compte ses cicatrices,
Espérez-vous unir la victime aux bourreaux ?
Quels démons, à ces nœuds, prêteront leurs flambeaux ?
Des filles de l'enfer invoquant les auspices ,
Mettrez-vous, à côté du glaive vendéen,
La hache régicide encor toute fumante ?
    Irons-nous, d'une paix sanglante,
A l'autel de la mort cimenter le lien ?

Du remords avec joie accueillons la prière ;
Un moment égarés au milieu des hasards,
Si quelques imprudens, quittant nos étendards,
Ont de l'usurpateur salué la bannière,
Un repentir loyal les absout désormais ;
Qu'ils viennent se rejoindre à la phalange sainte !

Mais loin de nous la foi contrainte
De ces hommes impurs dévoués aux forfaits !

Ils parlent de Bourbons, de patrie, et leur bouche
Nous imputant les maux que l'Empire a soufferts,
Reproche à notre ardeur de lui forger des fers !...
Les perfides ! poussés d'un désespoir farouche,
Si la France naguère eût souscrit à leur choix,
La conquête, debout sur la tombe des braves,
    Foulerait nos cités esclaves,
Et d'un prince étranger nous subirions les lois.

Ce sont eux qui, du peuple organes infidèles,
Osèrent parmi nous rappeler à grands cris
La même liberté qu'accusent nos débris.
Que n'ont point de nos jours essayé ces rebelles !
On les vit, affectant le pouvoir souverain,
Impérieux vaincus, traiter avec leur maître,
    Et s'efforcer de méconnaître
L'enseigne que Villars déployait à Denain.

Voilà pourtant, voilà les héros qu'on nous vante !
Mânes des Jaquelein, taisez-vous devant eux !
Honorables martyrs d'un zèle généreux,

Il faut céder; leur gloire a trompé votre attente!
Seuls, ils ont de l'Etat servi les intérêts!
Ils l'attestent du moins ces temps de funérailles,
    Où la Parque, dans nos murailles,
Poursuivait sans repos la moisson des cyprès!

C'en est trop; prévenons de nouvelles ruines,
Et que des vrais Français le concours solennel
Raffermisse les droits du trône et de l'autel!
D'un parti menaçant repoussons les doctrines;
Qu'il tremble! Et si jamais une aveugle fureur
De l'incendie éteint ressuscite la flamme,
    Rallions-nous à l'oriflamme
Que l'ombre de Henri protège au champ d'honneur.

FIN.

BIBLIOTHÈQUE IMPÉRIALE

www.ingramcontent.com/pod-product-compliance
Lightning Source LLC
Chambersburg PA
CBHW060858180626
46818CB00004B/1754